KB183439

한국 희곡 명작선 179

사육사의 죽음

한국 희곡 명작선 179

사육사의 죽음

하우

하

우

사육사의 죽음

등장인물

사육사
이차장 　(작품의 후반부에는 부장으로 진급하여 호칭이 변하
지만 인물명은 이차장을 유지한다.)
주기자
장대리
그림자
진호 모(母)
재벌남 1, 2, 3, 4
노조위원장
시위대 약간 명
안전요원 1, 2
JBS 앵커(소리만)
이차장 아내(소리만)

※ 주요 인물이 아니면 일인 다역도 무방하다.
※ 윤동주의 시는 가능한 원문 그대로를 실었다.

프롤로그

어둠 속에서 붉은 달이 차오르면 베토벤의 '월광 소나타 1악장' 의 리듬이 부드럽게 깔리며 무대 뒤편에 토끼, 사슴, 곰, 기린, 타조, 코끼리, 표범, 호랑이 등 야생동물의 자연스러운 움직임 이 있다. 한참 뒤, 그림자가 윤동주의 시(詩)「귀뚜라미와 나와」 를 낭송한다. 그 옆에는 사육사가 있다.

사육사　붉은 달이 떴어. 또 그날이야.

그림자[1]　귀뚜라미와 나와 잔디밭에서 이야기했다. 귀뚤귀뚤 귀뚤귀뚤~

사육사　그런… 데, 불길해. 오늘 밤엔 뭔가 일이 날 것만 같아.

그림자　아무에게도 가르쳐 주지 말고 우리 둘만 알자고 약 속했다. 귀뚤귀뚤~

사육사　그냥, 가만히 있을까?

그림자　귀뚤귀뚤~ 귀뚜라미와 나와 달 밝은 밤에 이야기 했다.

책을 덮자 무대 조명이 꺼진다.

---

1) 윤동주, 「귀뚜라미와 나와」

장례식장 1

앵커(목소리) 속보입니다. 저희 JBS에서 단독으로 보도한 대로 5
일 오전 애니월드의 호랑이가 사육사 목을 물고, 인
근 야산으로 도망치는 일이 발생했는데요, 군경은
이 호랑이를 쫓고 있지만 아직까지 흔적이 발견되
지 않고 있습니다. 그리고 호랑이에게 물린 사육사
는 인근에 있는 삼대병원에서 이틀간 사경을 헤매다
가 결국 오늘 새벽 숨졌습니다. 먼저 유가족의 입장
을 들어보도록 하겠습니다.

진호모(목소리) 아아, 아파요. 호랑이한테 물려서 아파했을 우리
아들이… 아파, 너무 아파. 혹시… 혹시라도 우리 아
이가 살아 돌아올 수 없다면, (울음을 그치며) 이 끔찍한
일이 우리 아들 개인의 잘못이 아니라는 것을 명확
하게 밝히고 싶습니다.

앵커(목소리) 이에 경찰과 해당 동물원 측에서는 사건 경위 파악
중이라고 합니다.

어둠 속에서 진호의 이름을 애절하게 부르며 곡을 하는 소리
가 들린다. 얼마 후 조명이 서서히 들어오자 무대 뒤편 중앙에
진호의 영정 사진이 걸려있고 그 옆에는 몇 개의 조화(弔花)가
서 있다. 그 중 애니월드의 조화도 보인다. 앞에는 몇 개의 앞

은뱅이 탁자가 놓여있고 여기저기에서 문상객의 모습 사이에 장대리가 피로가 만연한 기색으로 새로운 문상객들을 살피고 있다.

이차장   (전화기에 굽실거리며) 아 네. 전무님. 이쪽은 걱정하지 마십시오. 뭐, 이런 일 처리가 한두 번입니까? … 네 네, 맡겨만 주십시오. … 아, 네. 감사합니다, 감사합 니다.

장대리   혹시, 그분?

이차장   장대리. … 신경 꺼.

장대리   아, 네.

다시 표정을 달리하며, 다시 앉은뱅이 탁자에 앉자 조명이 이 차장에게만 모아진다. 이후 이차장과 진호 모(母)와의 대화에 서 실제 진호 모(母)가 무대에 있을 필요는 없다.

이차장   아! 실례했습니다. 중요한 회사 전화라서… 계속 이 야기를 이어가겠습니다. (사이) 지금 사건과 관계없는 외부 단체와 노조 측에서 자꾸 바람을 불어 넣고 있 는데요, 그거 다 부질없는 짓입니다. 단도직입적으 로 말씀드리자면, 우리 회사에서는 창립 이래로 산 업재해를 입은 사람은 단 한 명도 없었습니다. 왜냐 하면… 본사 창업주께서는 "근로자는 회사의 또 다른 가족이다."라는 유훈을 남기셨습니다. 이에, 우리 회사는 창업주의 고귀한 그 뜻을 받들어 가족과 같은 직원들의 안전을 최우선 가치로 삼아, 지금까지 그 뜻을 실현하고 있습니다. 따라서, 산재를 부추기는 사람들은 산재를 핑계로 뭔가 다른 것을 더 뜯어내려는 수작이 분명합니다. 더구나 지금과 같은 상황에서는 산재를 신청한다고 해서 받아들여지기 만무하고, 설사 재판에서 이겨봐야 찔끔찔끔 보내주는 보상금이 겨우 2년 치 연봉이 될랑말랑할 뿐이죠. 하아! 아무리 그래도, 그래도, 젊은 사람의 목숨값인데, 이게 말이나 됩니까? 그래서, 말인데요… 우리 회사에서는 도의적 차원에서 3년 치 연봉과 임직원 성금을 따로 준비했습니다. (서류를 내밀며) 깊게 고민하실 필요도 없습니다. 죽은 사람에게는 대단히 유감이지만, 그래도 산 사람은 살아야 되지 않겠습니까?

마치 정지 동작처럼 한동안 침묵이 이어지고 침을 꼴깍 삼키는 소리에 침묵이 깨진다. 이차장이 갑자기 표정을 달리하며 벌떡 일어선다.

이차장 진실! 진실이라구요? 도대체, 도대체, 몇 번 말씀을 드리는 겁니까. 아드님은 동물원 사육장의 기본 수칙인 2인 1조의 지침을 어기고 제멋대로 혼자 맹수 우리에 들어간 겁니다. 잠금장치도 잊은 채 말이죠. 이건 분명 개인의 과실이란 말입니다. 이게, (앉으며) 이게 진실이에요. 아시겠어요? 댁의 아드님 과실로 인해 탈출한 호랑이 때문에 동물원 이미지가 끝없이 추락하고 있어요. 다시 말해 회사에는 천문학적인 손실이 발생하고 있단 말입니다. 그런데도….

진호 모(母)가 벌떡 일어나 이차장을 노려본다.

이차장 회사에서는 그동안 함께 한 아드님에 대한 최대한의 예우와 도리를 다하고자 했지만, (일어서며) 유가족께서 정 이렇게 나오신다면 아드님의 과실에 대한 회사 차원의 손해배상을 청구… 할 수도 있습니다.

진호 모(母)가 서류를 이차장 앞으로 밀어 넣고 퇴장하자 이차장은 시야에서 사라져가는 진호 모(母)를 응시한다.

이차장 아우, 이런 씨발! (탁자를 두 주먹으로 꽝꽝 내리치다가 자리에 앉으며) 알아보라고 한 거, 알아봤어?

장대리 아, 네. 이름 정호민, 93년 경기도 안산 출생, 영장대 동물사육과 졸업, 재작년 3월 애니월드 사육실 알바로 시작, 올해부터 단기 계약직으로 전환되었고, 현재 맹수 파트 식재료 담당입니다.

이차장   알바에서 단기 계약직이라. 그리고?

장대리   그밖에, 어려서부터 고양이 기르는 것을 좋아하다가 점차 관심이 고양잇과 맹수로 옮겨져 관련학과로 진학했고, 그리고….

이차장   그만! 그런 쓸데없는 거 말고, 알맹이.

장대리   네. 어머니는 십년 전에 사망했고….

이차장   가만, 출처는?

장대리   입사지원서랑 인사기록카드에서….

이차장   오케이, 계속.

장대리   어머니는 십 년 전에 사망했고, 알콜 중독 일용직 아버지랑 고등학생인 여동생이 있으며 아직 미혼으로….

이차장   미혼? 알맹이!

장대리   아! 네. (가까이 다가가며) 약점! 학자금 대출로 이천, 신용등급이 낮아서 제 2금융권에도 삼천, 사채도 조금 당겨썼습니다.

이차장   그리고?

장대리   지금 개인회생 절차를 밟고 있는 중입니다.

이차장   그래? 됐어 됐어.

장대리   네?

이차장   아냐 아냐. 음… 둘이 대학 동기라고 했지. 그것 말고 또 없어?

장대리   두 사람 이름에 호랑이 호(虎)자가 있습니다. 그래서 인지 이름부터가 호랑이 사육사에 어울리는….

이차장   지금, 장난해?

장대리   아! 죄송합니다.

이차장   장대리, 이쪽 일은 처음이지.

장대리   네.

이차장   그래 그래, 똑똑한 장대리는, 이쪽 일도 금방 파악할 거야. 일단 머리가 좋잖아? 출신 학교도 그렇고, 그래서 앞에서 끌어줄 쟁쟁한 동문 선배들도 많이 있고. 그런데 말이지, 이 바닥에서 가장 중요한 게 뭔지 아나?

장대리   글쎄요?

이차장   순간적인 상황 판단력이야. 쉽게 말해 (손끝으로 눈을 톡 치며) 눈치.

장대리   눈치, 아!

이차장   거기에다 동물적 감각까지 갖추면 금상첨화(錦上添花)지.

장대리   감각!

이차장   훗! 계속해.

장대리   아, 네. 둘은 같은 동아리 출신이었답니다.

이차장   동아리?

장대리   네. 문학 동아리입니다.

이차장   문학? 문학, 문학이라. 맹수 사육사와 문학.

장대리   그리고 둘은 시인 윤동주를 좋아했다고 합니다.

이차장   윤동주? … 감성 돋네.

장대리   그러게 말입니다. 차장님께서도 전공이….

이차장   !

장대리   아! 제가 또 괜한 이야기를….

이차장   아냐 아냐. 나, 국문과를 나오긴 했지, 학교 신문사에
        도 있었고, 내가 나온 대학, 알지? 그래서?

장대리   네?

이차장   중요해?

장대리   저기….

이차장   중요하냐고?

장대리   그게 아니라….

이차장   뭐가?

장대리   … 죄송합니다.

이차장   장대리!

장대리   네.

이차장   (장대리의 어깨를 감싸며) 이번 건 말이야, 우리에게 얼마
        나 중요한지 알지?

장대리   아, 네.

이차장   올해가 (엄지손가락을 치켜들며) 회장님께서 5년 전에
        선포하신 삼대그룹 무재해 완성의 해야. 그리고 큰
        아드님께서 그룹 경영권을 승계하는 해이기도 하지.
        그런데, 이번 건으로 무결점 기업의 이미지에 흠집
        이 생긴다?

장대리	아 아, 안 됩니다. 근무 여건, 임금과 복지 그리고…, 자타가 공인한 초일류 기업에서 이런 사고가 발생한다는 것은 말이 안 되죠.
이차장	그렇지? 그래서 애니월드 전체가, 아니 삼대그룹 전체가 이번 사건을 주목하고 있는 거야. (검지와 중지로 자신의 눈을 가리키며) 바로 나와 장대리를 주목하고 있다고. 자자, 우리가 끝내자. 응?
장대리	아, 네.
이차장	장대리!
장대리	네?
이차장	입사 몇 년 차?
장대리	다음 달이면 만 5년입니다.
이차장	그래 그래, 과장.
장대리	!
이차장	곧.
장대리	아~ 네.
이차장	나도 입사 동기들 중에서 가장 먼저 과장, 차장 달았어. 이제 부장도….
장대리	그래서 차장님께서는 후배들이 가장 닮고자 하는 롤모델이지 않습니까? 사실 저도… 차장님과 한 팀이 되길 바랐습니다.
이차장	그래? 바람대로 됐네.
장대리	다음에는 별을 따셔야죠. 크고 빛나는….

이차장	(손끝으로 눈을 톡 치며) 빠른데? 그러려면 지금 뭘 해야 하는지를 알지?
장대리	넵.

이때 이차장의 핸드폰을 울리자 주변을 살핀 후, 몸을 돌리고 전화를 받는다. 전화를 하는데 표정이 심각해진다. 이때 주기자가 들어온다.

이차장	(소리만 듣고) 확인.
장대리	아, 네.
이차장	그 형사 계급이 뭐? 알았어.
장대리	(핸드폰을 꺼내며) 이번엔 누구지?
이차장	뭐! 지금?

이차장이 빠르게 뒤돌아 장대리의 핸드폰을 잡는다.

이차장	미쳤어?
장대리	네?
이차장	(핸드폰에 입을 대고) 다시 연락 줘. 장대리! 먼저 사람을⋯ 한붓일보 미친개야.
장대리	미친개라면, 주기자?
이차장	⋯.
장대리	한번 물면 끝장을 본다는 그 독종⋯ 후배?

이차장	흐흐.
장대리	아! 죄송합니다.
이차장	… 놈이 냄새를 맡았어. 일이 점점 꼬여가네.

이차장은 장대리 뒤로 몸을 돌리고 장대리는 주위를 둘러보는 주기자를 은밀하면서 자연스럽게 핸드폰으로 사진을 찍는다. 갑자기 주기자가 성큼성큼 다가온다.

주기자	뭐 하시는 거죠? (핸드폰을 낚아채며) 이거 이거, 채증하는 거 아냐?
장대리	뭐야, 어서 줘요.
주기자	어라! 나네. 당신들, 이럴 줄~ 알았어.
장대리	(팔을 붙잡으며) 이봐, 여기 누가 당신이야?
주기자	어! 이거 놓지?
이차장	잠깐! 우리는 지금 회사를 대표해서 동료를 위해 이틀째 밤새며 병원을 지키고 있어.
주기자	(핸드폰을 돌려주며) 흐흐, 역시.
장대리	이봐요, 당신.
주기자	누가 당신한테 당신이야?
장대리	저기, 지금 차장님 이야기 못 들었어. 그러니까, 우리 회사 직원이 이렇게까지 돼서 걱정하는 마음에 집에도 못 가고 있는 거래도, 이틀째 이러니까, 아내가 의심하잖아요. (핸드폰을 들이대며) 이거 이거, 봐요. 이거

보라고요. 신혼인데… 그래서 인증샷을 하려고 찍은 거래도.

주기자 (주변을 찍으며) 네, 참~ 그러시겠어요.

장대리 지금 뭘 찍는 거야?

주기자 흐흐, 나도 오늘 외박할 것 같네용. (장대리에게 밀착하며) 인증~샷.

장대리 허헐~

이차장 장대리! 그만 됐어. 요즘 어때? 바쁘지?

주기자 선배가 더 바쁠 것 같은데. 아! 다음 주에 부장으로 승진하신다면서요.

이차장 (비스듬히 고개를 끄덕이며) ….

주기자 반도체 공장 산재 처리 건, 덕 좀 보셨나 봐요.

이차장 맡겨진 내 일에 충실할 뿐이야.

주기자 (비스듬히 고개를 끄덕이며) 선배님께서는 예전부터 항상 충실하셨죠. 위에서 원하는 대로, 입맛에 맞춰, 덮고 가리고 숨기고 적당하게 마사지하면서 펜을 살살 놀리고… 왈왈, 그 다음에는 주인네가 던져 주는 고깃덩이를 물고 꼬리를 살랑살랑 흔들면서. 왈, 왈.

이차장 왈왈. 앞으로도 더 그럴 거야. 그런데, 주기자님. 아니, 후배님. 후배님께서도 맡겨진 일에 충실하시잖아요? 한 건을 위해 냄새 맡고, 파헤치고, 물고 늘어지고, 멍멍, 미친개처럼 침도 질질 흘리면서, 멍, 멍.

주기자 미친개! 아~ 좋다. 그런데 침을 질질 흘리는 미친개

18

에 물려보셨어요? 질질….

이차장   미친개는 몽둥이가 약이지.

이차장과 주기자의 팽팽한 기싸움이 이어지자 장대리가 이차장의 팔을 당긴다.

장대리   차장님, 차장님. 그쪽 일 처리를 먼저, 서두르시죠.

이차장이 먼저 시선을 거둔다.

주기자   그쪽 일? 그럼?

이차장이 옷매무새를 다듬고 돌아선다.

주기자   맞네, 맞아. 어이, 장대리! 잘 배워둬요. 이차장님 그쪽으로 전문가잖아.

장대리   ….

주기자   아래쪽 라인을 만들지 않는 것도 알죠?

이차장이 장대리를 바라본다.

장대리   아! 죄송합니다.

주기자   어깨도 빌려주지 않지. (장대리의 어깨를 털면서 이차장을 바라보며) 그렇죠?

이차장 뭐!

장대리가 주기자의 손목을 낚아 채려하자 주기자가 살짝 몸을
뺀다. 그러자 몸의 균형을 살짝 잃은 장대리. 주기자는 뒤도 돌
아보지 않고 손을 흔들며 퇴장한다. 남은 두 사람의 시선이 주
기자의 뒷모습에 모이며 조명이 꺼진다.

사육장 1

무대에 코끼리, 원숭이, 사자, 호랑이 등 여러 동물 소리가 들
린다. 무대가 조금 밝아지면 맹수 우리로 통하는 철창으로 몹
시 지친 모습의 사육사가 먹이를 담은 양동이를 들고 사라진
다. 얼마 후, 호랑이의 포효하는 소리가 들리자 사육사는 빈 양
동이를 들고 뛰쳐나오며 철창을 황급히 닫는다. 철창 그림자가
사육사에게 드리워지자 순간 양동이를 떨어뜨리며 뒷걸음질
친다. 이때 주기자가 등장하자 바로 부딪친다.

사육사 아니야, 아니야! 그게 아니야.

주기자 ?

사육사 난 그냥 주어진 것만을 선택했을 뿐이야.

주기자 (사육사에게 손을 대려다가 멈추며) 저기….

사육사	그만 그만.
주기자	… 정호민 씨?

무대가 밝아진다.

주기자	정호민 씨!
사육사	… 네에?
주기자	괜찮으세요?
사육사	….
주기자	뭘… 봤죠?
사육사	… 네?
주기자	귀신? "난 그냥 주어진 것만을 선택했을 뿐이야."
사육사	그만, 그만 하세요.
주기자	?
사육사	….
주기자	그러죠.

이때 호랑이의 거친 포효.

주기자	호랑이가 성이 났나, 이름이 뭐예요?
사육사	… 호야.
주기자	암놈인가요?
사육사	수, 수놈이에요.

주기자	그럼 도망간 녀석의 친구? 그럼 그놈은요?
사육사	(이마에 땀을 닦으며) 라, 랑야.
주기자	호야, 랑야. 아! (손수건을 건네며) 여기.
사육사	… 아직도 제게 확인할 게 있나요?
주기자	흠, 저 문이죠? 방사장으로 통하는 내실이.
사육사	가지 마세요.
주기자	?
사육사	멈춰요.
주기자	왜죠?
사육사	네?
주기자	왜 멈춰야 하죠?
사육사	….
주기자	여기 철장의 걸쇠를 새로 달았네.
사육사	….
주기자	아주 견고한 걸로.
사육사	사고 이후로… 시설팀에서 맹수 사육장마다 모두 교체했어요.
주기자	그런가요? 소 잃고 외양간 고쳤네. 아! 소가 아니지. 동료? 친구?
사육사	이제 그만하시죠. 저는 너무 지쳤어요.
주기자	지쳐 보여요. 가장 가까운 친구가 그렇게 됐으니 그럴 만도 하죠.
사육사	… 바빠서요, 이만.

주기자 잠깐만요, 정호민 씨도 이번에 가을에 있을 정규직 전환 대상자라면서요? 맞죠? 그런데 진호 씨도였나요?

사육사 왜, 그런 질문을 하시죠?

주기자 단지 사실을 확인하고 싶을 뿐입니다.

사육사 어떤 사실이요. 저와 진호가 지난 이 년간 파트타임 사육사였다는 사실인가요? 아니면 저와 진호가 정규직 전환 대상 경쟁자였다는 것, 그건가요? 그것도 아니면 진호가 여기서 30분간이나 물어 뜯겨 피 흘리는 동안 아무도 발견하지 못했던….

주기자 … 다인가요?

사육사 네?

주기자 그게 모두냐고요?

사육사 뭘 알고 싶은지 모르겠지만, 경찰이 왔을 때, 모든 것을 진술했습니다.

주기자 모두가 아는 그런 거 말고, 그 이면에 것.

사육사 무슨 말씀이세요?

주기자 마음에 담아둔 거, 마음에서 지우려고 하는 거, 있지 않나요?

사육사 도대체 뭘 이야기하는 거죠? 지금, 저를 의심하시나요?

주기자 의심? 그럴 리가요?

사육사 ….

주기자 그런데 말입니다. 경찰이 조사한 내용을 종합해 봐도 풀리지 않는 몇 가지 의혹이 있어요.

사육사 뭐, 뭐죠?

주기자 우선, 방사장에서 작업을 할 때에는 정호민 씨와 2인 1조가 되어 움직여야하는데 진호 씨 혼자 새벽에 방사장에 들어갔죠? 왜 같이 안 가셨어요?

사육사 그것도 진술했습니다. 진호가 말없이 그냥, 그냥 혼자 들어간 거예요. 근무 시간도 아닌데, 이건 기숙사 CCTV 판독을 통해서도 검증이 끝난 겁니다.

주기자 말없이 그냥이라고요? 그냥?

사육사 네, 그냥.

주기자 그럼, 자살이라는 이야기인가요?

사육사 ….

주기자 네, 좋습니다. 그런데 말이죠, 진짜 의심스러운 것은 사건 당일 저녁부터 아침까지 12시간 동안이나 방사장 주변과 애니월드 사파리 주변의 CCTV 기록이 없어요. 그렇다면 누군가가 의도적으로 삭제한 걸로 보이는데… 왜일까요? 왜…? 이상하죠?

사육사 네?

주기자 그리고 아무리 맹수라고 하지만 짐승은 자기를 보살피는 사육사를 기억하잖아요? 그런데 그날따라 량야가 왜 진호 씨를 공격했을까요? 그리고 뒷산으로 도주했다는 량야, 수색을 시작한 지 이틀이 지났는데

흔적조차 찾을 수가 없어요. 이것도 진짜 이상하잖
아요?

사육사   그 이유를 왜 저한테 묻는 거죠?

주기자   묻는 이유, 아시잖아요?

사육사   네…? 진호의 죽음이 제 책임이라는 건가요?

주기자   … 책임이라니요. 아니요, 아닙니다. 하지만, 정호민
씨는 진호 씨와 항상 함께 했잖아요. (긴 호흡으로) 진
호 씨를 누구보다도 가장 잘 알잖아요. 두 사람은 동
료, 아니 친구잖아요. 친구, 아닌가요?

사육사   친, 친구요?

주기자   맞아요, 친구. 가장 가까운 친구. 그래서 가장 깊은
속마음까지도 함께 했던 그런 친구.

사육사   맞아요, 친구. 그런데요?

주기자   그렇다면 진호 씨가 그 시간에 혼자 사육장을 찾았
는지 설마 모르지는 않겠죠…? 왜죠? 왜 혼자 갔죠?

사육사   ….

주기자   진실을 말해줘요.

사육사   난 몰라요.

주기자   ….

사육사   그만, 그만해 주세요.

이때 이차장과 장대리가 뛰어 들어온다.

이차장	그만! 그만 멈춰.
주기자	….
이차장	(가쁜 숨을 진정시키며) 정호민 씨가 그만하라잖아. 모른 다잖아. 주기자! 지금 너, 회유하고 협박하는 거야.
주기자	회유? 협박? 이게? 그건 이차장님 전문이잖아.
이차장	뭐!
주기자	얼마 전, 반도체 쪽 산재도 그렇게 해결하셨다죠?
이차장	홋! 어디서 무슨 이야기를 주워들었는지 모르겠지 만, 우리 회사에 대해 근거 없는 이야기를 할 때 뭘 걸어야 하는지 알지?
주기자	잘 알죠. 그런데 근거가 없다니요? 그 작업장에서 죽 어 나간 사람이 몇인데.
이차장	그건 개인의 문제야.
주기자	그게, 개인의 문제~ 라구라구요?
이차장	법원에서도 이미 판결이 났어. 장대리, 뭐해?
장대리	아! 네.

장대리가 주기자를 잡자 주기자가 장대리를 가볍게 제친다.

주기자	여전하네. 죽음을 밑천 삼아 출세하는 건.
이차장	뭐라?
주기자	아닌가?
이차장	!

주기자 15년 전 학내 분규 때, 대학본부 옥상에서 투신한 병화 선배 사건, 선배가 묻었잖아.

이차장 잘 모르면 주둥이는 그만 놀리지.

주기자 에이, 모르다니요. 학보에 실려야 될 병화 선배 주검 사진과 자필 유서, 당시 편집국장이던 선배가 빼돌린 거. 그리고 대가로 총장 추천 받아 이곳에 입사하게 된 거. 그래서 우리가 '경축! 학보사 편집국장 이 씹새 삼대그룹 뒷구녕 합격' 검정 플래카드, 교문에 떡하니 걸어줬잖아. 씨바!

이차장 (멱살을 잡으며) 이, 이 미친….

주기자 당시 그 일 모르는 학보사 사람이 있나? (세게 흔들릴수록 태연스럽게 웃으며) 선배 동기인 재기 형, 상훈이 형, 그리고 득영이, 문종이, 준수, 명순이, 경진이까지 (멱살을 뿌리치며) 불러서 다시 확인해 줘.

이차장 (멱살을 다시 움켜쥐며) 그래서, 그래서 어쩔 건데?

주기자 당황~ 하셨어요?

이차장 아니, 아니야. (멱살을 천천히 놓으며) 장대리, 안전요원 불러.

장대리 아 네. 벌써 요청했습니다.

주기자가 사육사에게 다가가자 장대리가 길을 막는다.

장대리 주기자님, 이제 그만 나가세요! 엄연히 여긴 애니월드 직원만의 전용 공간입니다. 일반인 출입금지 구역이라고요. 안전요원이 오면 험한 꼴을 당할 수도 있습니다.

주기자   험한 꼴? 후훗! 어이, 정호민 씨, 방금 전에 하던 이야기나 계속하죠.

사육사   없어요, 할 이야기.

주기자   없어? 진짜?

사육사   없… 어요.

이차장   왜 이렇게 집요해?

주기자   당신들이 뭘 숨기고 있으니까.

이차장   주기자! 넌 기사를 쓰는 사람이지 형사가 아니야. 수사는 형사에게 맡겨.

주기자   기자는 감춰진 진실을 쫓는 사람이다!

이차장   !

주기자   그곳에 바로 특종이 있으니까.

이차장   ….

주기자   기억 안 나요? 신입기자 환영식.

이차장   아니, 똑똑히 기억나.

주기자   훗, 그땐, 정말 하늘 같았는데.

이차장   훗, 그땐, 세상을 몰랐어.

주기자   풋, 지금은 세상을 썩게 하잖아요?

이차장   풋, 그래서 세상에 소금이 되시려고요?

주기자   넵. 썩고 냄새나는 곳마다 소금을 뿌리죠.

이때 안전요원 두 명이 등장한다.

장대리   저기.

안전요원들이 순식간에 주기자의 양팔을 강하게 비튼다.

주기자   아, 아! 이런 개썅! 이거 놔. 안 놔?
이차장   소금, 어디 한 번 뿌려보시지.

주기자가 이차장을 부릅뜨며 노려보자 이차장이 물끄러미 주
기자를 바라본다.

이차장   왜? 아파?
주기자   어, 아파.

이차장이 조금 건들대다 고개를 끄덕이자 안전요원들이 주기
자의 팔을 놓는다.

주기자   괜찮네, 괜찮아, 아주 괜찮아. 선배님! 우린 아름다운
인연, 맞죠?
이차장   아마도.

이차장과 주기자가 서로를 바라보며 웃는다.

장대리	자, 나가시죠.
주기자	어이! 정호민. 당신의 영혼이 점점 사라지고 있어, 가
	롯 유다가 되신 저분처럼.

주기자와 장대리, 그리고 안전요원들 퇴장. 이차장과 사육사 두 사람만 남았다.

이차장	아우, 이런 씨발, 개썅.

이차장이 잠시 미친 듯 울분을 토하다가 바로 원래 모습으로 수습한다. 그리고 쇠창살 그림자가 드리워진 곳에서 우두커니 서 있는 사육사를 바라본다.

이차장	정호민 씨.
사육사	네에?

이차장이 오라는 손짓을 하자 사육사가 잠시 멈칫하다가 천천히 다가간다. 쇠창살의 그림자가 더욱 길게 드리워진다.

이차장	어때?
사육사	네?
이차장	좀 전에, 가롯유다처럼 예수를 팔아, 아니 영혼을 팔
	아 은화 30냥을 얻었다잖아, 당신과 내가.

사육사	….
이차장	다행이잖아?
사육사	무슨?
이차장	그깟 영혼, 값비싸게 사주는 데가 있어서. 안 그래?
사육사	….
이차장	당신은 지금 기회를 잡은 거야.
사육사	기회… 요?
이차장	응, 기회. 난 정호민 씨 지금 상태가 어떤지, 무슨 생각을 하는지, 잘 알고 있지. 그땐 나도 그랬으니까.
사육사	….
이차장	하지만, 지금은 명확해. 그럴 땐, 뭘 해야 하는지… 정호민 씨, 주변을 둘러 봐.
사육사	네?
이차장	지금 당신이 서 있는 곳, 어딘지 알아?
사육사	여, 여기요?
이차장	….
사육사	… 동…
이차장	동물원? 틀렸어. 여긴 안전한 울타리가 둘러쳐진 그런 데가 아냐.
사육사	그럼?
이차장	정글이야.
사육사	정글?
이차장	그래, 정글. 스스로 살아남아야 하는 곳.

사육사	스스로?
이차장	잡아먹지 않으면 먹히는 곳.
사육사	먹히는 곳!
이차장	맞아, 여긴 그런 곳이야. 호랑이는 토끼를 잡아먹을 수 있어. 마찬가지로 토끼도 호랑이를 잡아먹을 수가 있지.
사육사	그, 그래도, 토끼가 어떻게?
이차장	힘만 있으면 돼. 여긴 정글이니까.
사육사	정글!
이차장	그래서 누구나가 호랑이가 되려 하지. 하지만 정글의 호랑이 숫자는 이미 정해져 있어. 정호민 씨? 그래서, 먹힐 거야?
사육사	네? 아, 아니….
이차장	그럼 먹을 거야?
사육사	그건….
이차장	호랑이? 그럼 토끼?
사육사	난, 난….
이차장	아하! 그럼 말해. 토끼가 돼 먹힐 거라고, 지금 당장. … 아, 아니야? 그럼, 그럼?
사육사	잠시, 잠시만요.

사육사가 한동안 가쁜 호흡을 하다가 고개를 든다. 이때 이 모습을 멀리 지켜보던 그림자가 사육사에게 다가가 이들의 대화

와 행동에 반응한다.

이차장 그래, 그래. 사람들 중에는 자기의 상태가 어떤지 잘 모르는 경우가 있지. 특히 언제나 불행했던 사람들 말이야. 자기의 선택을 의심하고 후회하다가 심지어 그것을 뒤엎으려는 생각도 해. 예전에, 나도 그랬으니까.

그림자는 사육사에게 여기서 멈추라는 몸짓을 한다.

이차장 흐훗… 하지만 그 순간이 바로 지옥으로 떨어지는 순간이지. 지옥으로 떨어지기 전, 지금 손에 쥔 것이 무엇이지를 봐. 호민! 지금 손에 뭘 쥐고 있지?

사육사가 천천히 양손을 펼치며 빈손을 바라보자, 이차장이 사육사의 양손을 붙잡는다.

이차장 느껴져?
사육사 ?
이차장 잘 봐. 네 손이 움켜쥔 걸. … 기회야.
그림자 (고개를 저으며) ….
이차장 기회라구!
그림자 (고개를 세차게 저으며) ….

이차장	기회!
사육사	기, 기회?
이차장	맞아, 기회! 먹히지 않을 기회! 토끼가 아니라 호랑이가 될 기회!
사육사	호, 호랑이!
그림자	(눈을 감고 돌아서며) ···.
이차장	내가 도와주겠어.
사육사	···.
이차장	널 호랑이로 만들어 준다고.

갑자기 이차장이 '어흥' 하며 포효한다. 사육사는 한참을 망설이다가 입을 벌리지만 소리를 내지 못한다.

사육사	(그림자를 바라보며) ···.
그림자[2]	거 나를 부르는 것이 누구요.
이차장	어흥.
사육사	···.
그림자	가랑잎 이파리 푸르러 나오는 그늘인데
이차장	잊지 마, 한 번 던진 패는 되돌릴 수 없어. 어흥
사육사	··· 어···.
그림자	나 아직 여기 호흡이 남아 있소.
이차장	만약 되돌리려면, 기회를 움켜쥔 네 손목을 걸어야

---

2) 윤동주, 「무서운 시간」

돼. 어흥 어흥

사육사 … 어어….

그림자 한 번도 손들어 보지 못한 나를

이차장 말해 지금, 네가 바라는 걸. 어흥.

사육사 … 어어어….

그림자 손들어 표할 하늘도 없는 나를

이차장 네 욕망을 말하라고. 토끼처럼 먹히기 두렵다고, 그래서 호랑이가 되겠다고, 이렇게 어흥 어흥.

사육사 어어어 (무릎을 꿇으며) 어어어….

그림자 어디에 내 한 몸 둘 하늘이 있어.

이차장 어서 말해, 어서.

사육사 어어어… 흥.

그림자 나를 부르는 것이오.

그림자가 털썩 주저앉는다.

이차장 됐어! 됐어! 그럼 준비, 됐지?

사육사 ….

이차장 그럼, 바로 시작해.

이차장이 무대 앞으로 나서서 양팔을 벌리자 조명이 확 밝아진다. 바로 경찰서 기자 회견장이다. 이차장이 손짓으로 사육사를 무대 앞으로 이끈다.

앵커(목소리) 저희 JBS에서 단독으로 보도한 애니월드 사육사의 죽음이 사육사 개인의 과실이라는 증언이 나왔습니다. 지금 용인경찰서에서 진행되고 있는 인터뷰를 확인하시죠.

사육사 네, 네. 그렇습니다. 사고 당일 새벽, 진, 진호가 혼자서 방사장에 들어간 건… 맞습니다.

그림자 일이 마치고 내 죽는 날 아침에는 / 서럽지도 않은 가랑잎이 떨어질 텐데….

터지는 카메라 플래시 세례

사육사 다른 건 잘 모르겠고, 그날 당직은 분명 저였습니다.

이어 터지는 카메라 플래시 세례

사육사 방사장에 들어갈 때에는 미리 내실 안쪽에 호랑이를 확인해야 하는데, 진호는 그날따라 그것을 놓친 것 같습니다.

그림자 앞으로 나를, 나를 부르지 마오.

앵커(목소리) 한편 유족 측은 정확한 사인이 밝혀질 때까지 장례를 치를 수 없다고 발인을 무기한 거부하고 있는 상태입니다.

사육사가 사라지는 그림자를 천천히 바라본다. 점차 어두워
진다.

애니월드 정문 앞

조명이 들어오면 '애니월드는 고(故) 장진호 사육사의 진실을
은폐 왜곡하지 말라.' 는 플래카드와 피켓을 든 사람들과 애
니월드 직원 및 용역들이 대치하고 있다. 직원들 중에는 이
차장과 장대리, 그리고 사육사도 있으나 사육사는 뒤편에 빠
져 고개를 돌리고 있다. 이때 진호 모(母)에게 핀조명이 서서
히 비춘다.

진호 모 사고 당일, 뒷목에는 커다란 구멍이 뚫린 채 피투성
이가 된 우리 아이…. 아! 그 순간, 내 새끼 혼자 얼
마나 두려웠을까, 아팠을까, 무서웠을까. … 우리 아
이가 죽은 날, 어미인 나도 같이 죽었습니다. 지금 어
미로서의 단 한 가지 소망은 사고의 진상규명이 명
확히 되어 아이의 억울함을 풀어주는 겁니다. 하지
만 회사에서는 우리 아이가 규정을 지키지 않아 생
긴 사고라고 주장하며, 죽은 사람은 말이 없다고…
사고의 책임을 우리 아이의 과실로 몰아가고 있습니
다. 저는, 저는… 아무런 힘이 없어요. 여러분들이 제

게 힘이 되어주세요. 그래서 우리 아이가 잘못한 것
이 아니라는 것을 밝혀주세요. 그래야만, 그래야만
저도 우리 아이를 보낼 수 있을 것 같습니다. 부탁드
립니다, 꼭 부탁드립니다.

진호 모로부터 마이크를 받은 노조위원장이 앞으로 나온다.

노조위원장   고(故) 장진호 사육사 어머니 말씀을 들어봤씀니다.
지금 사측은 여러 의혹들에 대해 단 한마디 말도 몬
하면서 일방적인 합의만을 강요하고 있씀니다.

시위대   (야유 소리) 진실을 밝혀라!

노조위원장   좋씀다. 그럼 우리 함께 힘을 몬타가 진실을 발켜붑
시다.

시위대   투쟁!

노조위원장   자! 제가 믄저 구호를 선창하겠씀니다. … 쥔실은 살
수 웁다, 당일 일지 공개하라.

시위대   진실은 살 수 없다, 당일 일지 공개하라.

노조위원장   쥔실은 승리한다, CCTV 공개하라.

시위대   진실은 승리한다, CCTV 공개하라.

노조위원장   자! 이제 우리들의 군센 투쟁 의지를 몬타 몬타가서
힘차게 연대투쟁가를 블러 제낍시다.

시위대   투쟁! 투쟁! 연대투쟁! 연대의 깃발을 올려라~

이때 신나는 애니월드 로고송이 (♩신나는 축제가 시작되는 곳♫ 애니월드로 모두 모두 모여라! 랄랄라라♪) 울려 퍼지며, 시위대의 함성과 외치는 구호가 순식간에 묻힌다. 이때 '호민아, 호민아' 하며 사육사를 부르는 소리도 들린다. 그러자 이차장이 몸을 돌려 사육사가 진호 모(母)에게 직접 노출되게 한다.

진호 모   (사육사를 붙잡으며) 호호, 호민아!

사육사   어! 어머니.

진호 모   넌, 넌 알고 있지? 부탁이야. 진실을 이야기해 줘, 제발.

사육사   어머니, 저도 아는 것은 다 이야기했어요. 어머니도 이제 현실을 받아드리셨으면 해요.

진호 모   호민아! 네가 어떻게….

사육사   어머니, 죄송합니다. 제가 지금 어머니께 해드릴 수 있는 일은 없어요. 하지만 회사에서는 진호의 사망 보상금을 세 배에서 다섯 배로 올리기로….

진호 모   (뺨을 때리며) 어떻게 네가….

사육사   죄, 죄송합니다.

진호 모   일찍 모친을 여의었다고 해서 너를 진호와 똑같이 친자식처럼 품었다. 그런데도 가장 친한 친구의 죽음을 외면하다니… 네가 그러고도 사람이더냐? 짐승 같은 놈!

사육사   맞습니다.

진호 모	?
사육사	짐승, 맞아요.
진호 모	호민아!

진호 모가 사육사를 붙잡고 흐느끼고 두 사람 주변에서 장대리는 몰래 촬영을 한다. 뒤에는 이차장이 이 장면을 지켜보고 있다.

이차장	다 찍었지?
장대리	네.
이차장	바로 전략기획실로 보내고 경찰에도 연락해.
장대리	벌써 끝냈습니다.
이차장	….
장대리	혹시, 주실 말씀이라도….
이차장	늘었네.
장대리	네?
이차장	아무것도 아냐. 잘 봐둬. (주저앉은 진호 모의 곁으로 가서) 어머니, 이러시면 안 되죠. 아무리 자식을 잃은 슬픔이 크다지만 이렇게 분노 조절을 못하시면 어떡합니까?
진호 모	뭐! 뭐라구? 분노 조절!
이차장	네, 분노 조절.
진호 모	당신들! 당신들이 사람이야?

이차장 네 네, 지금 어머님의 그 마음 잘 압니다. 어이, 장대리!

장대리 넵.

장대리의 신호와 함께 팡파르가 터지고 또 다른 애니월드 로고송이 (♩꿈과 희망의 나라, 환상과 모험의 축제, 생각만 하면 뭐든 이루어지는 곳, ♪그곳은 그곳은♫ 행복의 나라 애니월드♪) 울려 퍼지자, 장대리와 용역 직원들이 순식간에 진호 모와 시위대를 몰아간다. 시위대의 항의와 고함 소리, 잔잔한 미소를 띤 이차장은 마치 오케스트라의 지휘자와 같은 모습을 취한다. 로고송이 한 번 더 크게 울리자 시위대의 구호와 아우성이 묻히고 이차장이 잔잔한 미소를 띠며 시위대 앞으로 나선다.

이차장 여러분! 여러분들은 허가도 받지 않은 집회를 통해 본사 영업에 막대한 손해를 끼치고 있습니다. (사육사를 옆에 세우며) 더구나 본사 직원에게까지 폭행을 행사했어요. 회사는 참을 만큼 참았습니다. 하지만 지금부터는 아닙니다. 당장 해산해요! 그렇지 않으면 회사 명의의 개인별 손해배상 청구서를 받게 될 겁니다.

노조위원장 야이~ 문디 개자슥아! 니 무야?

이차장 개자식? 교양 없게시리. (고갯짓으로 가리키며) 저분께는 청구서, 착불로 보내 드려.

장대리   넵. (이차장이 볼 수 없게 손끝으로 눈을 친 후, 용역 직원들과 합세하며 퇴장.)

이때 시위대가 계속 밀리면서 "회사가 호랑이다. 진호를 살려 내라."라는 구호가 멀어져가는 가운데, 사육사의 이름을 부르는 진호 모(母)의 소리도 간간이 들린다.

이차장   (사육사의 어깨를 툭툭 두드리며) 네가 오늘 수고했어.
사육사   ….

조명 꺼진다.

기숙사

어둠 속에서 흐릿한 조명이 들어오면 사육사는 퀭한 눈으로 수화기 너머의 소리를 듣고 있다.

사육사   어, 어, 어, 그래 그래, 축하? … 어쨌든 고마워. … 요즘 좀 바빠. 아버지는? 휴~, 술 좀 그만 드시라고 해. … 넌 다른 데 신경 쓰지 말고 그냥 공부만 열심히 해. 다음 주말에 집에 한 번 들를게. 끊는다.

휴대폰을 침대에 던진 후, 얼굴을 감싼 채 이층 침대 중 아래 침대에 걸쳐 앉는다. 크게 한숨을 쉰 후, 얼굴을 이불에 파묻으며 침대에 눕는다. 이때 노크 소리, 사육사가 벌떡 일어나 문을 열자 주기자가 들어온다.

사육사 여길 어떻게?

주기자 (슬쩍 제치며) 이층 침대네, 여기서 진호 씨랑 함께 생활했구나.

사육사 나가주세요, 지금 당장.

주기자 잠시면 돼요. … 좋아요, 나가죠. 그런데 내일 조간 기사 내용, 궁금하지 않아요?

사육사 내가 왜 그걸 궁금해야 하죠? 그냥 가세요.

주기자 진짜? 조간 기사 제목을 들으면 달라질걸.

사육사 (문을 열며) 가요.

주기자 사육사 죽음, 의문의 베일을 벗다.

사육사 !

주기자 막 뽑은 내일 자 조간 헤드라인이에요. '회사 차원의 조직적 은폐 정황도 드러나' 이건 부제고.

사육사 협박… 이죠? 근거도 없는.

주기자 근거? 있죠.

사육사 ?

주기자 (핸드폰을 꺼내며) 이거. 낮에 가족의 동의를 받고 진호 씨의 비공개 SNS계정을 열어 봤죠. 그랬더니 와우!

모두들 놀라 자빠졌어. 거기에는 진호 씨의 사적인 생활과 생각들이 일기처럼 상세히 쓰여 있었죠. 그리고 정호민 씨 당신의 글도 꽤 있더군요. 비밀을 서로 공유하는 사이였죠?

사육사 비밀 따위는 없어요.

주기자 과연 그럴까?

사육사 무슨 말씀이세요?

주기자 어제 아침, 시위 현장에서 진호 어머니께서 당신한테 뭐라고… 하셨죠?

사육사 !

주기자 내가 다시 말해줄까?

사육사 나가. 당장 나가라고.

주기자 짐승!

사육사 꺼, 꺼져!

주기자 짐승으로 남을 거야?

사육사 내가 짐승? 당신이 뭔데 날 짐승으로 만들어?

주기자 지금이 사람으로 남을 마지막 기회야.

사육사 그런 기회는 필요 없어, 앞으로도.

주기자 그래? 진실이 밝혀졌는데도, 마지막 퍼즐만 남았을 뿐인데도….

사육사 근거 없이 몰아가지 말고 (문을 열며) 당장 꺼져. 이 허풍쟁이 기자야.

주기자 허풍쟁이?

사육사	그래, 허풍쟁이.
주기자	… 붉은 달.
사육사	!

사육사가 매우 놀란다. 그리고 당황함과 두려움이 더해져 점차 맹수의 내면으로 변화한다. 감정이 격해지면 맹수의 언어를 사용한다.

주기자	붉은 보름달이 뜨는 밤이면 / 모두가 짐승이 된다.
사육사	….
주기자	난 살아남기 위해 달려야만 하고
사육사	(손을 저으며) ….
주기자	넘어져 먹히는 널 보며 안도의 웃음을 짓는다.
사육사	그만 둬.
주기자	오늘 밤, 나는 나는….
사육사	그만!
주기자	살아남은 짐승.
사육사	난, 난… 짐승이 아니야.

사육사가 뒤로 넘어진다. 이때 그림자가 등장한다.

주기자	넌 살아남았어, 친구가 먹히는 것을 보며.
사육사	아니야.

주기자 살려달라고 발버둥을 치는데.

사육사 아냐, 아냐.

주기자 울부짖으며 죽어 가는데, 넌 모른 체 했어? 그렇지?

사육사 (벌떡 일어나며) 아냐, 아니라고. 난 모른 체 한 게 아니야. 그건… 진호가 선택한 거야.

주기자 … 죽음을?

사육사 아니, 십자가를.

주기자 뭐? 십자가?

사육사 십자가.

그림자³⁾ 쫓아오던 달빛이⁴⁾ 십자가에 끝에 걸리었습니다.

주기자 와~ 그게, 그게 말이 돼? 그럼, 진호가 예수야?

그림자 첨탑이 저렇게도 높은데 어떻게 올라갈 수 있을까요. / 종소리도 들려오지 않는데 휘파람이나 불며 서성거리다가

주기자 그래, 좋아 좋아. 그런데 왜 십자가를 선택했지?

사육사 죽어가니까, 소중한 것들이 모두 죽어가니까.

그림자 괴로웠던 사나이 행복한 예수 그리스도에게처럼 십자가가 허락된다면

사육사 괴로워서, 그 모습을 차마 볼 수만 없어서 아파하다가

그림자 모가지를 드리우고 꽃처럼 피어나는 피를 / 어두워가는 하늘 밑에 조용히 흘리겠습니다.

---

3) 윤동주, 「십자가」
4) 원작에는 '쫓아오던 햇빛인데'로 되어 있다.

사육사   자기를 던진 거야.

사육사의 거친 호흡이 점차 차분해지며 잠시 침묵이 흐른다.

주기자   그런데, 소중한 것들을 누가 죽이지?

사육사   그건….

주기자   누구야?

사육사   몰라, 그건 나도 몰라. 정말 모른다고. (그림자를 향해)
           그렇지?

주기자   그게 말이 돼?

사육사   사육사들은 아무것도 몰라. 아니, 사육사들은 몰라야
           만 해.

주기자   그렇겠지, 알게 되면 여기에 있을 수가 없을 테니까.
           하지만 진호는 두려움을 이기고 그 퍼즐을 풀었어.
           그래서 죽어간 거고. 그렇지?

사육사   아니 아니야, 아니라고.

그림자[5] 산모퉁이를 돌아 논가 외딴 우물을 홀로 / 찾아가선
           가만히 들여다봅니다.

사육사   퍼즐은 애초부터 없었다고.

주기자   거짓말, 넌 퍼즐을 기회로 삼았어. 동료, 아니 가장
           소중한 친구의 죽음을 기회로 삼았다고.

사육사   … 기회?

---

5) 윤동주, 「자화상」

주기자	그래, 기회.
사육사	… 맞아, 기회. 그래서?
주기자	뭐라고?
사육사	그게 무슨 문제가 되는데?
그림자	우물 속에는 달이 밝고 구름이 흐르고 / 하늘이 펼치고 파아란 바람이 불고 가을이 있습니다.
사육사	진호는 이미 떠났어. 진호 어머니께는 보상금을 세 배, 아니 다섯 배를 약속한대. 그렇게 되면 아무도 손해를 보지 않아.
그림자	그리고 한 사나이가 있습니다. / 어쩐지 그 사나이가 미워져 돌아갑니다.
사육사	그런데, 그런데 말이야. 살면서 한 번도 주어진 적이 없는 기회라는 것이 나에게 갑자기 생긴 거야. 붙잡고 싶었어, 간절히. 신용등급이랑 대출금 그리고, 그리고 정규직까지. 내 힘으로 도저히 헤어날 수 없는 뫼비우스의 띠와 같은 답답한 현실을 벗어날 딱 한 번뿐인 기회를… 붙잡고 싶었다고.
그림자	돌아가다 생각하니 그 사나이가 가엾어집니다. 도로가 들여다보니 사나이는 그대로 있습니다.
주기자	그래서, 그래서 진실을 외면한 거야?
사육사	아니, 난 진실을 마주했어.
주기자	뭐?
사육사	내게 진실은….

주기자   ?

사육사   늘 소유하고 싶었던 것, 항상 갈구하던 것, 그토록 꿈
         꿨던 그것. 바로 욕망, 그게 진실이었어. 그 순간 난,
         거짓 없는 욕망만을 생각했던 거라고.

그림자   다시 그 사나이가 미워져 돌아갑니다. / 돌아가다 생
         각하니 그 사나이가 그리워집니다.

사육사   그런데, 지금, 뭔지는 모르겠지만… 이제는 진실들이
         뒤집힐 것 같은 불길한 예감이 들어. 갖고 싶었던 것
         들이 하나, 둘, 꿈꿨던 것들이 다시 하나, 둘. 내 소망
         들이 점차 사라져가는… (온몸을 감싸 앉으며) 불안해.
         잃어버리면 안 되는데, 붙잡아야 하는데… 그런데,
         다 없어.

그림자   우물 속에는 달이 밝고 구름이 흐르고 하늘이 펼치
         고 파아란 바람이 불고 가을이 있고 추억처럼 사나
         이가 있습니다.

         사육사가 몸을 낮추며 어슬렁거리다가 단말마 같은 한 번의
         포효. 하지만 제대로 소리가 나지 않는다. 그리고 진이 빠진 채
         무릎을 꿇고 하늘을 본다. 그림자는 천천히 사육사의 등 뒤로
         다가가 어깨에 손을 얹는다.

주기자   정호민 씨! 당신은, 짐승이 될 수 없었어.

그림자가 사육사를 뒤에서 끌어안는다. 조명이 천천히 어두워진다.

사육장 2

어둠 속에서 코끼리, 원숭이, 사자, 호랑이 등 여러 동물 소리가 들린다. 그중 호랑이의 포효가 두드러진다. 무대가 조금 밝아지면 맹수 우리로 통하는 철창 입구에 포스트잇이 덕지덕지 붙어 있다.

앵커(목소리) JBS 단독 보도입니다. 보름 전 애니월드를 탈출했던 호랑이의 사체가 인근 야산에서 발견되었습니다. 한편 사망한 사육사의 SNS 계정의 내용을 분석한 결과, 사망 원인이 사육사의 과실이라기보다는, 회사의 부당한 업무 지시에 따른 양심적 가책, 그리고 비정규직으로서 겪는 박탈감과 우울증으로 인한 자살에 무게가 실리고 있습니다. 이에 사육사와 같은 처지인 비정규직 청년 단체는 물론, 일반 시민들의 추모 메시지가 사육장 철창을 가득 메우고 있습니다. 한편 사육사의 유족 측은 지금까지도 납득할 만한 진실이 밝혀지지 않았다며 발인을 무기한 거부하고 있습니다.

무대가 밝아지면 장대리는 몸을 돌려 전화를 받고 있다.

장대리 네, 맞습니다. 한붓일보에 주기자입니다. … 네? 제가 직접 주기자를요? 그럼, 이부장은? … 알겠습니다, 전무님. (허리를 굽히며) 감사합니다. 최선을 다하겠습니다. 선. 배. 님!

장대리가 전화를 끊자, 한 손에 신문을 든 이차장이 등장한다. 그리고 장대리를 매섭게 노려본다.

이차장 누구야?

장대리 아! 은사님이십니다.

이차장 은사?

장대리 네, 대학. (철창으로 다가가 태연하게 포스트잇을 떼었다 붙이며) 비정규직에게는 가혹한 회사가 호랑이보다 무섭다. (포스트잇을 떼었다 붙이며) 어린 시절 행복한 추억을 선물했던 애니월드, 이젠 다시 안 가! (옆에 포스트잇을 떼며) 진호, 나는 너다. … 뭐지?

이차장 그만 그만! 그만 해.

이차장이 철창에 붙은 포스트잇을 마구 떨어뜨린다.

장대리 전무님께서는 일단 내용만 먼저 수합한 후, 포스트잇은 그냥 두라고 말씀하셨….

이차장 장대리! 지금 나한테….

장대리 아, 아닙니다.

이차장이 허리에 붙은 포스트잇을 발견하고 순간 망설인다.

이차장 (포스트잇을 떼며) 당신이 바로… 호랑이다. 에잇, 개쌍!

장대리 진정하시죠. 부장님.

이차장 부장이고 뭐고, 이거 제대로 수습 못하면 너랑 나 모두, 다음 달에 사표 쓸 각오해야 돼. … 기사는 봤어?

장대리 아직.

이차장 (신문을 던지며) 오늘 조간 제목 뽑는 것 봐봐. 그런데, 말이 짧아졌다.

장대리 네? 아닙니다. (신문 두어 장을 대충 훑으며) 주기자가 아주 세게 뽑았네요.

이차장 누가 그걸 몰라. 미친 개새끼, 엿을 먹여야 하는데, 전무님은 연락도 안 되고. … 이 새끼는 또 어디 간 거야? 전화도 안 받고, 다시 연락해 봐.

장대리 아, 네.

장대리가 신문을 접고 통화를 시도하려는데 마침 양손에 양동이를 들고 사육사가 등장한다.

이차장   너! 전화는 왜 안 받는 거야?

사육사   휴대폰을 숙소에 두고 왔습니다.

이차장   뭐?

사육사   애들 아침 시간이 돼서… 정신이 없어 깜빡했습니다.

이차장   팔자 좋다. 호랑이 밥이나 챙겨주고. 지금 상황이 어떤 줄이나 알아?

사육사   ….

이차장   어떡할 거야?

사육사   뭘…?

이차장   너희가 끄적거린 글 때문에 회사 전체가 벌집이 됐는데, (양동이를 발로 차며) 이게 중요해?

사육사   ….

이차장   아이, 답답해. 쌍~ 장대리! 장대리가 설명해.

장대리   정호민 씨, 짐작은 하시겠지만 지금 상황이 매우 안 좋습니다. 특히, 여론이 매우 부정적인데…

이때 주기자가 통화를 하며 등장하자 이차장과 장대리의 시선이 주기자에게 모아진다. 사육사는 이 틈에 흩어진 고깃덩이와 양동이를 정리한다.

주기자   네네, 맘대로 하세요. 끊습니다. … 아이고! 여기들 다 계셨네. 선배님~ 부장 승진, 진심으로 축하드립니다.

이차장	캬하! 하이에나 새끼처럼 어슬렁대기는, 뭘 먹게?
주기자	저야, 뭐 (포스트잇 한두 개를 떼며) 조간 기사 후속 취재 하러 나왔죠. 사육사가 왜 죽었는지 아직까지는 명확하게 밝혀지지 않았잖아요?
이차장	저기, 네가 먹을 고깃덩이.
주기자	(양동이를 발로 툭 건드리며) 데스크에 작업했죠? 취재 덮으라고.
이차장	뭔 소리야?
주기자	모를 줄 아세요? 데스크를 압박했잖아, 광고를 미끼로?
이차장	내가?
주기자	왜 이러세요, 언론 조작 담당 이부장님. 삼대그룹 매뉴얼 빤한데.
이차장	이 미친 개새낀, 이젠 없는 것도 만들어 내네.
장대리	주기자님! 지금 분위기 보이시죠? 오늘은 그만 돌아가 주세요. (휴대폰을 꺼내며) 부를까요?
주기자	아! 안전요원? 우와~ 무섭다. 나 지금 마구마구 쫄았어용~. 와~ 날씨 정말 끝내주네. 오늘은 국장 말대로 땡땡이나 치면서 애니월드 꽃구경이나 해야겠다.
이차장	꽃, 머리에 꽂고 다녀. 미친 개새끼한테 어울리니까.
주기자	넵! 부장님. 그리고… 이거.
이차장	뭐야?
주기자	(확 뿌리며) 소금.

이차장   미친 개새끼!

장대리는 이차장의 어깨를 붙잡는다. 주기자는 계속 이차장의
시선을 응시한 상태로 뒷걸음질 치며 사육사의 어깨를 짚는다.

주기자   호민 씨, 오늘밤에도 붉은 달, 뜨겠지?
사육사   ….

주기자가 뒤도 돌아보지 않은 채, 손을 흔들며 퇴장한다.

이차장   장대리! 저 저, 저새끼, 뒤 밟아.

장대리가 고개만 끄떡하고 말없이 주기자의 뒤를 따라 퇴장
한다.

이차장   장, 장대리? 헐~ 많이 컸네?

분노에 떠는 이차장과 양동이를 들고 돌아가려는 사육사. 쇠창
살의 그림자가 점차 길게 드리워지며 천천히 남은 두 사람을
덮는다. 분노를 삭인 이차장이 사육사에게 오라는 손짓을 하나
사육사는 눈만 껌뻑거리며 멀뚱히 쳐다만 본다. 이때 맹수우리
쪽 철창문 너머 그림자가 보인다.

이차장 좋아 좋아, 다 좋아. 그런데⋯ 너희가 끄적거린 SNS 글 때문에 모든 것이 엉망이 됐어. 알고 있지?

사육사 (그림자를 바라보며) ⋯.

이차장 듣고는 있어?

사육사 ⋯.

이차장 듣고 있냐고?

사육사 (끄덕이며) ⋯.

이차장 그래, 좋아. ⋯ 지금의 사태를 해결하려면, 진호의 죽음을 개인적 문제에서 비롯된 것으로 몰아가야 해. 뭐 없을까? 여자 문제나 아니면, 너처럼 금전 문제라든지.

사육사 그런 거 없었습니다, 진호한테는.

이차장 없으면 만들어야지, 지난번처럼.

사육사 진호는 동물을 진정 아끼고 사랑했던 친구였습니다.

이차장 지금 그게 중요해?

사육사 네?

이차장 이봐, 그새 잊었어? 네가 움켜잡은 기회. 네가 그 기회를 잡기 위해 어떤 마음을 먹었는지 떠올려 봐. ⋯ 영혼 따위는 또 팔면 돼.

사육사 (고개를 돌리며) ⋯.

이차장 짤리는데도?

사육사 그럼?

이차장 진짜 손목. 두 번 다시 아무것도 잡을 수 없게.

사육사   협박, 하시나요?

이차장   이게 협박으로 보여? 회사에서는 네 발목도 자를걸.
넌 앞으로 이 바닥에 발도 붙일 수 없게 될 거야.

사육사   ….

이차장   호민아! 다시 잘 생각해 봐. 아니, 생각할 것도 없어.
어차피 넌 이미 나와, 아니 이 삼대그룹과 같은 배를
탔어.

사육사   같은 배요?

이차장   그래, 같은 배. 내리는 것은 너의 선택이 아니야. 현
명하게 판단하길 바라.

사육사   ….

이차장   큰 그림을 다시 그릴 거야.

이차장이 사육사에게 손을 내민다. 사육사는 철창 너머 그림자
를 우두커니 바라볼 뿐이다.

사육사   호랑이 똥오줌 냄새 맡아보신 적 있으세요?

이차장   뭐?

사육사   호랑이는 꼬리를 바짝 치켜들고 수평으로 오줌을 갈
깁니다. 벽에 묻은 소변의 냄새, 말로는 설명 못할 정
도죠. 저랑 진호는 매일매일 먹이를 주면서 걔네들의
똥오줌 냄새를 맡으며 건강 상태를 확인했습니다.

이차장   뭔 이야기야?

사육사   그런데 붉은 달이 뜬 밤, 사파리에서 랑야가 사라지자, 호야는 우리 안에서 아무 이유 없이 시계추처럼 구석 자리를 왔다 갔다 하거나, 자기가 먹었던 것을 토하고 먹고 토하고 먹는 것을 반복하는 자폐증상을 보이고 있어요. 친구를 잃고 난 후, 생긴 극심한 스트레스 때문이죠.

이차장   그러니까, 뭔 이야기냐고?

사육사   지금 제가 할 일에 대해 이야기하는 겁니다. (옆에 있는 양동이 두 개를 들며) 호야를 돌봐야 합니다.

이차장   뭐? 정호민!

사육사는 이차장이 부르는 소리에 아랑곳하지 않으며 맹수 우리로 통하는 철창문을 연다. 그리고 그림자와 진하게 악수한 후 어둠 속으로 사라진다.

이차장   야! 거기 서. 안 서? 저, 저, 저 새끼. … 에이, 개쌍!

이차장이 잠시 머리를 부여잡고 있다가 문득 뭔가 생각난 듯, 핸드폰을 꺼내 통화를 시도한다. 통화 연결음이 음성사서함으로 연결되고 '회의 중입니다. 용건이 있으면~' 하는 안내음이 나오자 이차장은 통화를 종료한다.

이차장   김전무, 이 인간도….

이차장이 잠시 고민하며 주변을 서성거리다가 사육사가 들어
간 철창문을 한동안 응시한다. 그리고 문을 천천히 연다. 처음
에는 망설이다가 심호흡을 하고 어둠 속으로 사라진다. 얼마
후, 사육사가 양동이를 들고 나온 후, 철창문을 닫고 무심히 걸
쇠를 건다. 그리고 점차 어두워진다. 어둠 속에 들리는 거친 포
효와 비명.

장례식장 2

앵커(목소리) 방금 들어온 속보입니다. 한 달 전 애니월드의 사육
사 사망 사고에 이어서 인사팀 이모 부장이 호랑이
에게 물려 인근에 있는 삼대병원으로 옮겨졌는데요,
사경을 헤매다가 오늘 새벽 숨졌다고 합니다. 먼저
이부장 유가족의 입장을 들어보도록 하겠습니다.

이차장 아내(목소리) 아아, 아파요. 맹수에게 물려 아파했을 우리 남
편이… 너무 아파. (울음을 그치며) 우리 아이 아빠가 살
아 돌아올 수 없다면… 왜 우리 아이 아빠에게 이런
끔찍한 일이… 왜 이렇게 됐는지 분명히 알고 싶습
니다.

앵커(목소리) 경찰과 해당 동물원 측에서는 사건 경위를 파악하는
중이라고 합니다.

어둠 속에서 이차장의 이름을 애절하게 부르며 곡을 하는 소리가 들린다. 얼마 후 조명이 서서히 들어오자 무대 뒤편 중앙에 이차장의 영정사진이 걸려있고 그 옆에는 몇 개의 조화가 놓여있다. 그 중앙에 애니월드의 조화도 보인다. 앞에는 몇 개의 앉은뱅이 탁자가 놓여있다.

장대리 (전화기에 굽실거리며) 아 네. 전무님. 이쪽은 걱정하지 않으셔도 될 것 같습니다. (뒤를 슬쩍 돌아본 후) 예상보다 이야기가 잘 되고 있습니다. … 네 네, 맡겨만 주십시오. … 아, 네. 감사합니다, 감사합니다.

다시 표정을 달리하며, 다시 앉은뱅이 탁자에 앉는다.

장대리 아! 실례했습니다. 중요한 회사 전화라서…. 계속 이야기를 이어가겠습니다. … 이 사건에 대해 언론에서 자꾸 바람을 불어 넣고 있는데요, 그거 다 부질없는 짓인 거 잘 아시죠? 그런데, 그보다도 먼저 (서류를 꺼내며) 회사 경영진도 그간 회사를 위해 헌신하신 이 부장님의 안타까운 사고에 대해 유감의 뜻을 전했습니다. 이에 회사에서는 도의적 차원에서 5년 치 연봉과 임직원 성금을 따로 준비했습니다. 아! 깊게 고민하실 필요도 없습니다. 돌아가신 부장님께는 대단히 유감이지만, (서류를 앞으로 밀며) 어린 자녀분들도 있는데, 그래도 산 사람은, 산 사람대로 살아야 되지 않겠습니까?

잠시 숨이 막힐 듯 정적이 지속되자 장대리는 천천히 고개를 돌리고, 미묘한 웃음을 짓는다. 그 후 손끝으로 눈을 톡 치는 장대리에게 조명이 모아진다. 조명이 바로 꺼진다.

에필로그

어둠 속에서 붉은 달이 차오르면 베토벤의 '월광 소나타 2악장'의 리듬이 깔리며 사파리에 가젤, 곰, 기린, 타조, 표범, 코끼리, 사자, 호랑이 등 야생동물의 자연스러운 움직임이 있다. 이 장면은 실제인지 아니면 환상인지 구분이 되지 않을 만큼 몽환적인 느낌이 중요하다. 이때 굉음과 함께 사파리 오픈카 2대에 희희낙락대는 사내들이 등장한다. 재벌남 1과 3, 2와 4가 각각 동승한다. 이들은 조준경을 단 사냥총과 망원경을 목에 걸고 있다.

재벌남1 오호! 붉은 달, 느낌이 팍 오는데.

재벌남2 밤사냥, 이게 얼마만이야, 석 달만인가.

재벌남3 그러게, 언론이 조금 시끄러웠잖아. 죽은 사육사도 그렇고.

재벌남4   야! 김빠져. 이야기 접어.

재벌남2   그래, 그래.

재벌남1   야아! 얘들 좀 봐봐. 지난번 애들보다는 빠릿빠릿
         한데.

재벌남3   흠, 아무리 그래도 사파리보다는 손맛이 좀….

재벌남4   야! 오늘밤 여기가 마사이마라야. 맘대로 슛해. 아빠
         한테 미리 얘기해 뒀어.

재벌남1   진짜?

재벌남2   와우~

재벌남1   (엄지를 세우며) 역시, 회장님.

재벌남2   화통하셔.

재벌남1   그럼, 게임 룰은?

재벌남2   저번처럼 Big3? 아님, 간만에 Big5, 어때?

재벌남4   콜!

재벌남3   좋긴 한데, (빈총을 격발하며) 이걸로는 코끼리는 힘들어.

재벌남4   (총기를 꺼내며) 얜 어때? (재벌남 3에게 던지며) 받아.

재벌남1   오~, 영국제 제임스퍼디 클래식 69, 사냥총으로는
         최고지.

재벌남3   어떻게 구했어? 본사에 주문했더니, 제작 기간만 2
         년이라서 포기했는데.

재벌남4   졸업선물.

재벌남1·2 와우! 역시 회장님.

재벌남 3이 총기를 매만지는 사이에 나머지 재벌남 2는 주위를 살핀다.

재벌남2   어, 저기!

재벌남 1이 재빨리 조준하고 방아쇠를 당긴다.

재벌남2   나이스! 표범.
재벌남1   스타트 포인, 괜찮은데. 지난번에는 타조였지.
재벌남4   그럼, 나도 시작해 볼까.

바로 재벌남 4가 총을 견착하고 연달아 발사한다.

재벌남2   투샷에 겟 라이온!
재벌남4   와우! 좋았어.
재벌남3   차 돌려.
재벌남1   OK.
재벌남2   저기!

재벌남들이 한 곳을 향해 일제히 사격 후, 이내 환호성을 지른다.

재벌남3   쓰러, 쓰러 진~ 졌다. 코뿔소 겟!

재벌남4 이제 남은 건 코끼리하고 호랑이, 고고.

사파리카가 굉음을 내며 사냥을 시작하는데 시간이 지날수록 마구잡이로 사냥한다. 사파리 동물들은 이들을 피해 숨거나 이리저리 도망 다닌다. 이때 사냥의 모든 장면은 베토벤의 월광 소나타 3악장에 맞춘다.

재벌남1 저기!
재벌남3·4 봤어.

재벌남들이 모두 차에서 내려 대형을 이루며 접근하다가 총을 견착하며 일제히 사격한다. 잠시 후, 목표물 근처로 조심스럽게 다가간다.

재벌남2 맞았어?
재벌남3 어, 그런 것 같긴 한데.

재벌남들이 주변을 살핀다.

재벌남1 피다! 근처 어딘가에 숨었어.
재벌남4 흩어져 찾아. 멀리는 못 갔을 거야.

천천히 무대 한 편에 조명이 들어오면 피에타의 성모마리아처럼 사육사가 숨을 헐떡이는 이차장을 안고 있다.

사육사[6] 황혼이 짙어지는 길모금에서 / 하로종일 시들은 귀를
가만히 기울이면 / 땅검의 옮겨지는 발자취 소리 /
발자취 소리를 들을 수 있도록 / 나는 총명했던가요.

재벌남2 역시, 호랑이는 쉽지 않아. 지난번에도 두 방이나 맞
고도 사육사를 물고 튀었잖아.

재벌남3 그때 그 또라이 새끼가 가로막지만 않았어도 제일
먼저 Big3를 끝내는 거였는데.

재벌남1 잠깐! … 숨소리.

재벌남들이 허리를 숙이며 조심스럽게 움직인다.

사육사 이제 어리석게도 모든것을 깨달은 다음 / 오래 마음
깊은 속에 / 괴로워하는 수많은 나를 / 하나, 둘 제
고장으로 돌려보내면

재벌남2 조심해, 저놈은 단박에 숨통을 끊어야 돼.

이때, 재벌남 4가 재빠르게 견착한 후 사격한다. '탕' 하고 울
려 퍼지는 총성, 그리고 단말마 같은 호랑이의 포효와 피가 튀
어 얼룩진 사육사.

---

6) 윤동주, 「흰 그림자」中 1~4연.

재벌남1·2·3 와우! 나이스 샷.

재벌남4 내가, 내가 끝냈어.

사육사 거리 모퉁이 어둠 속으로 / 소리 없이 사라지는 흰 그림자.

무대가 점차 어두워진다. 하지만 붉은 달은 더욱 빛난다.

–막–

한국 희곡 명작선 179

사육사의 죽음

초판 1쇄 인쇄일   2024년 10월 16일
초판 1쇄 발행일   2024년 10월 25일

지 은 이   하우
만 든 이   이정옥
만 든 곳   평민사
　　　　　서울시 은평구 수색로 340 〈202호〉
　　　　　전화 : 02) 375-8571 / 팩스 : 02) 375-8573
　　　　　http://blog.naver.com/pyung1976
　　　　　이메일 pyung1976@naver.com
등록번호   25100-2015-000102호
ISBN   978-89-7115-864-7   04800
　　　　　978-89-7115-663-6 (set)
정   가   8,000원

이 책은 사단법인 한국극작가협회가 한국문화예술위원회의
2024년 제7차 대한민국 극작엑스포 지원금을 받아 출간하였습니다.